KB176749

시와 함께 휘날리는 하루

한경순

오비올프레스

◆시인의 말

뒤돌아보니 아름다운 시간들

오래 기억하고 싶다.

시와 함께 휘날리는 하루

차례

1
진달래 필 때면

첫 걸음

바람 부는 꽃길에
아기
혼자서 걷고 있다

두 팔 벌려
기우뚱거리는
작은 손바닥 위에

봄
머물고 있다

과꽃

흐드러지게 핀
하얀 메밀밭을 걷다
말똥 냄새나는 당나귀하우스
잔잔한 음악 소리에
발길을 멈추고 삐걱거리는
계단을 오르니

탁자 위에 아무렇게나 꽂은
과꽃 항아리가 눈부시다
저렇게 고운 빛깔들

애틋한 그리움으로
보랏빛 꽃잎을 뜯어
먼 하늘로 날려 보내며
뒤돌아 한숨짓던 그날이
여기 머물러 있다

봄이 오는 새벽길

얼굴에 감겨오는 바람이 부드럽다
하늘엔 스무엿새 조각달 갸웃이 떠있고
땅 위에 울려 퍼지는 나무들의 속삭임
뿌리 끝에 감추어둔 힘이 솟구쳐 오른다
은행나무 눈은 팽팽하게 부풀고
벚나무 가지 끝엔 분홍빛 미소가 숨어 있다
숨죽이고 있던 산수유의 웃음이
팡 터지는 순간

청평사

오솔길 구비구비
바람따라 구름따라
물소리 따라
오르고 또 오르니
오봉산 꼭대기에
조그마한 절 하나

대웅전 앞마당에
오색등 가득하고
명부전엔 영가등
하얗게 걸려 있더군요

회전문 지나올 적에
이승의 인연이 훌훌
제 갈길 가던 가요
스님의 독경 소리에
해탈은 하셨나요

그림 같은 누마루에서

사진 한 장 찍고 돌아서는데
돌풍에 나뭇잎 흔들리고
까마귀 울어 어지러운 마음에
낮술 한 잔 들이붓고
내려 왔다오

진달래 필 때면

내 나이 열여섯이었을 때
아버지의 유일한 사치는
점방 한구석에 묻혀 있던
술항아리에서 긴 막대 달린
술 됫박 휘휘 저어
오 홉 들이 군용양재기에
담아 들이켜시고
진달래 담배 한 개비 꺼내
피우시는 거였는데
우리 남매 군용 통학버스 타고
고개 넘어 학교에 가다
사고 난 그 후부터
담배 끊으시고 그 돈을
버스비로 주셨다
그 때 깨진 앞니는 아직도
입속에 있는데
아버진 아련한 기억 속에
남아 있네

성산포 파도

바다 깊은 곳에
모여 있던 길 잃은
영혼들이 바람결에
잠 깨어 이승 문 두드린다

하늘 높이 솟구쳐
애절하게 부딪쳐도
한번 닫힌 그 문은
열리지 않아

성산일출봉 휘어잡고
온몸으로 울고 있다

무심히

연둣빛 어린잎들
날로
날로 짙어가고

함백산 철쭉도
화알짝 웃으며
산자락을 발갛게
물들였는데

아이들아
이 어미는
목구멍으로
무심히
밥이 넘어가는구나

하얀 감자꽃

감자꽃이 활짝 피었다
자주색 꽃은 자주감자
흰색 꽃은 흰 감자라는데
우리 감자밭은 온통 하얗다
친구네 감자밭은
자주색 꽃 가득 피었네
자주색 꽃이 예뻐 날마다
자주색 꽃 기다렸다네
그때는 몰랐었지
하얀 꽃만 피는 까닭을
득득 긁어 푹 쪄내면
뽀얀 녹말 하얗게
피어나던 감자
그 산골에 귀하던
하얀 감자꽃

남산 기도원

나, 지금 비록
구멍 난 체크바지에
목 잘린 장화 신고
덜덜거리는 스쿠터에
비료 한 포 매달고
이 길을 올라가지만

멀어진 시간을 뒤적이면
시나브로 시들어가던
온몸의 세포가 달아오른다네
그 때엔 저기 보이는 녹슬은
십자가 첨탑도 반짝반짝 빛났었지

이제는 소리조차 낼 수 없는
트럼펫 그 황홀한 소리에
이끌린 마음들이 다소곳이 무릎 꿇고
소원 빌던 시절에

첨탑 끝에 올라서

하늘을 향하여 두 팔 벌려
꿈을 키웠지

주체할 수 없던 세월은
잡을 수 없이 달아나고
덜컹거리는 창 옆
마구 엉겨버린 나무에 한 줌
비료 뿌려주고

나 홀로 엎드려 기도 한다네

옛날로

한 열흘만이라도
옛날로 가고 싶소

비 온 뒤 길에 고인물 속에
비친 하늘 보고 싶소

깊은 바다인양 바라보던
그 때로 가고 싶소

그곳에 떠다니던
종이배가 보고 싶소

종이배 옆에 흔들리던
그 얼굴 보고 싶소

뭉게구름 잡으려던
그 아이가 보고 싶소

꿈속에서 구름 따라

그 시절로 가고 싶소

민둥산 억새

알 수 없는 곳에서 날아와
여기에 뿌리 내리고
작은 생명 키울 때
때로는 비바람 불어
나의 옷깃을 적시고
아련히 들려오는 기적소리는
내 마음을 흔들었다
푸르던 산이 붉게 물드는 가을
은빛 날개를 달고
하늘을 향해 날아오른다

신륵사의 봄

연둣빛 익어가는 봄날
관광버스에서 내린 어르신들 절 입구에 모이셨다

모두 공짜 입장객이신데
문 앞의 엿장수 눈치 없이 엿 먹고 가시란다

깨끗이 비질된 마당에
어지러이 발자국 남기며 대웅전으로 몰려 가신 뒤

해당화 발갛게 핀
해우소 지나서 명부전 앞에 섰다

백목련 거꾸로 핀 듯 매달렸던 영가등
모두 거두어 불단 위 작은 촛불로 타오르는데

"마하반야바라밀다심경"

스님의 독경 소리
여강 타고 흐르네

내가 어디에 있든지

포근한 구름 위 하늘을 날고 있어도
한 귀퉁이 무너져 내린 고성을 거닐 때에도
만년설 녹아내린 호수를 바라볼 때에도
잔잔한 에델바이스를 보며 벌판을 거닐 때에도
혹은, 융프라우 정상 빙벽 위에서 컵라면을 먹을 때에도
한순간에 폐허가 된 폼페이를 서성거릴 때에도
유로스타 타고서 유럽의 평원을 달릴 때에도
에펠탑위에서 세느강을 바라볼 때에도
나는 나일뿐이야 나는 나니까
그러나 이곳은 너무 먼 곳
히드로 공항에서 갈 곳을 잃었어

마이너 리그

환한 스포트라이트에
우렁찬 함성은 어디에 들리는가

우린 그저 쓸쓸히 달리기만 할 뿐
무엇을 위하여 흘리는 땀인가

바라는 것이 간절해서
하늘을 향하여 뜨거운 숨결 날릴 때
차가운 봄비가 온몸을 적신다

시들어 가던 마른 가지에
숨어있던 꽃망울이 속삭인다

기다려 봐
봄은 이렇게 오고 있어

그곳이 고향이었어

어김없이 찾아오는 오월이면
산과 들은 온통 나물 천지가 되었다
마을 사람들 모두 모여 강 건너 먼 산으로
나물하러 떠나던 곳 어둑어둑 해 저물녘이면
함박웃음과 함께 등짐 한가득
고사리며 두릅순 취나물 다래순이 담겼었지

시커먼 먹구름이 몰고 온 장맛비
펑펑 쏟아진 강물이 벌건 흙탕물로 소용돌이 칠 때
주낙에 지렁이 끼워 강물에 놓아두면
굵은 메기도 걸리고 자라도 걸려든다
그럴 때면 모두 눈이 황홀했고 입이 즐거웠지

환장하게 눈부시던 푸른 하늘에
희미한 그림자 길게 늘어지던 외진 산길
아버지와 어린 딸이 걷고 있다
빨갛게 바스락거리는 고추자루 메고
디딜방아 찾아 산길을 걷고 있다

동지섣달 추위에 강물이 꽝꽝 얼어붙으면
젊은 아버지 강 건너 큰 산으로
나무하러 길 나서고
집에 남은 어린 딸은 화로에 불 가득 담아
뚝배기 올려놓고 기다리던 곳

2
추월대로 연가

어떤 월요일

아침 산책에 나섰다 집 밖에 나오니 파란 하늘에 한가로이
구름 한 점 떠 있고 가벼운 바람이 살갗에 부드럽게 와 닿았
다 녹음 짙어가고 이팝나무엔 봄 지나간 흔적이 조그만 초록
점으로 남아 있다

미세 먼지 좋음
초미세먼지 더 좋음
내 마음은 더 더 좋음

여름밤

우리 집 다듬잇돌은
박달나무 다듬잇돌
방망이도 박달나무

풀 먹인 이불깃
다듬잇돌 위에 올려놓고
딱 딱 또드락또드락
똑 똑 따그락따그락

깊어가는 여름밤
더위도 물러가네
마주 앉아 두드리는
네 짝의 방망이

딱 딱 또드락또드락
똑 똑 따그락따그락
모깃불 사이로
별빛도 잠이 든다

장수촌 영양탕 집

간판 색 선명했을 시절엔 꽤나 손님이 들끓었을 게다
모두 속이 비어서 두 눈을 두리번거리며 떠돌던 때였으니까
기찻길에 기대어 지은 집도 크게만 느껴졌고
새로운 하루가 흥겹기만 했었지
낮은 담벼락에 기대어 놀던 아이들은
해바라기처럼 노란 얼굴이었다네
어쩌다 지나가던 자동차의 연기조차도 구경거리였지
그 애들 둥지 떠날 즈음 길 건너 빈 터엔
고층아파트가 올라가고 거기에 사는 이들은
도통 이곳에 눈길조차 주지 않았지
집은 자꾸 작아지고 희뿌연 먼지는 가득 떠돌고
많아지는 건 얼굴에 주름뿐, 흐릿한 시야 속에 보이는 건
높다란 아파트

그 길가에 장수촌 영양탕집이 있다
백발의 할머니와 할아버지 그림처럼 앉아 있다

추월대를 아시나요?

추월대길 명일슈퍼 앞을 지나
첫 번째 오른쪽 골목을 걷노라면
은은히 풍겨오는 추억의 냄새
어린 시절 엄마 손에 이끌려갔던
서울 변두리 외갓집 냄새
밀폐된 공간에서는 죽음도 부른다는데
오늘 추월대로에서 나는 냄새는 그리움이다
구불구불 이어지는 길 따라
올망졸망 모여 있는 작은 집들
윗집에서 나오면 아랫집 지붕이 운동장이다
주인이 버리고 간 무너진
빨간 빛바랜 기와집 담장에서는
개나리가 살포시 혀를 내밀고 엄나무가
지긋이 쳐다보는 곳에는 산수유가
노란 꽃망울을 활짝 터뜨리며 웃고 있다
이윽고 올라선 추월대
조선의 어느 감영관리께서
이곳에 올라 달구경하시며
추월대라 명명하셨다네요

동서남북으로 훤히 원주 시내가 한눈에 들어온다오

남산 위로 올라간 제일 꼭대기

태극기가 세 개씩이나 걸린 절 집엔

때 아닌 하얀 연꽃이 출렁이고 있더이다

그 아래 조그만 벽돌집

야트막한 담장 안에 널려있는

빨간 사각팬티

추월로에 청춘이 머물고 있었습니다

면앙정에 올라

천년을 살아온 상수리나무가
하루 볕을 탐하고 언덕을 오르는
순돌아범 등에 매달린 술항아리가 위태롭다
내 젖어미의 남정네이니
이제 그만 쉬게 할까?
정자에 오르니 눈앞에 펼쳐진
담양이 넉넉하다
유난히 눈부신 남쪽들 벼이삭은
낙향한 벗의 논인가 보네
달 밝은 중추절에 모두 모여서
담양루 수석기생 죽향이를 청하여
가야금 반주로 권주가나 들어볼까

소슬한 바람 한 줄기
"따닥"
이마 때린 도토리 한 알
아! 지금은 2012년 가을이었네

가을

어둠이 내려앉은 강가에
갈대꽃 하얗게 피었다

잔잔하던 수면이
바람에 일렁이고
마음 속에 묻어둔
여름의 흔적들 흩어지고

청둥오리 두 마리
물을 박차고 날아오른다

그때엔

집 뒤로 넓은 논밭이 푸르게 펼쳐 있었지
조그만 개울 건너 작은 집에 깃발 걸었을 때
눈 앞 신작로엔 이따금 먼지 흩날리며
네 바퀴 달린 커다란 버스가 신나게 내달렸어
때로는 어디론가 소풍가는 아이들이 차창 밖으로
고사리 같은 손을 흔들며 웃고 있었지

뒷마을에 사는 젊은 어머니가 머리 위로 한가득
농사지은 먹거리 얹어놓고 이 조그만 개울 건너
철길 따라 펼쳐진 대처를 향하여 발길을 재촉하던
그런 곳이었어 그 장터에선 마술같이 그것들이
돈과 바꾸어졌고 발걸음도 가볍게 돌아오던 길에
언제나 이곳에 들러 알 수 없는 미래를 묻고는 했지

선명하게 휘날리던 깃발 차츰 색이 바래가던 날
이곳 뒤편의 푸른 들판 사라지고
졸졸 거리던 개울, 무거운 시멘트 덩어리 아래로
가라앉은 그곳은 자동차들의 휴식처가 되었지
이젠 북원로라고 불리는 길 위엔 작은 집보다

더 높은 값을 치른 차들이 헤일 수 없을 만큼 달린다네

잃어버린 것은 푸른 들판 맑은 개울 높은 하늘
신선한 바람 맞으며 펄럭이던 깃발의 청춘
잿빛 기와집 위엔 너덜너덜한 흔적이 걸려있고
마음이 가난한 사람들은
아직도 이곳에 와서 미래를 알고 싶어
머뭇머뭇한다

우산초교 길

낮은 판잣집으로 이어진 상점들은
아이들의 코 묻은 돈을 벌기 위해 늘 북적였지
공책과 크레용 지우개 연필 같은 학용품은 딴전이고
엄마들이 질색하는 불량식품들로 가득했었지
설탕을 녹여 만드는 달고나, 떡볶이 꼬치에 끼워주는 어묵
주전부리 중 일미는 엄마들이 질색하는 쫀드기
불에 구워 들고 다니며 떠들썩한 아이들로 가득했던 길
조용해진 이곳을 길고양이 가끔 지나간다
그 많던 아이들은 다 어디로 갔을까*

*박완서 소설 『그 많던 싱아는 누가 다 먹었을까』

새끼돼지 여덟 마리

무언가 귀를 간지럽히는 소리
잠 깨어보니
머리맡 바구니 속에
새끼돼지 여덟 마리가
꿀꿀 거리고 있다

새까만 몸통 등에
하얀 띠 두르고
꽁지 한번 꼬아 말아 올리고
분홍빛 선명한 돼지 코
아버지 몰래 만져본 돼지 코
부드럽다

아버지는 어미돼지 키우고
어미돼지는 새끼돼지 키우고
새끼돼지는 우리들의
일용할 양식이 되었다

모닥불

소슬한 바람 부는 치악산 자락에서
들려오는 소리에 귀 기울여 보라
한여름 지난 나뭇잎들의
두런거리는 소리가 들리는 것을
푸르던 나뭇잎이 한 생을
마감하며 보이는 것은
아름다움에 충만한 오직
그만이 보일 수 있는 것이려니
무릇 지상의 모든 것들은
마지막을 위해 사는 것
저기 보이는 저녁노을이 붉은 것도
우리 삶의 황혼이 가야할 길을 보여주는 것
작은 소리를 듣기 위하여 귀를 열어야하듯
좋은 관계를 갖기 위하여 마음을 열자
여기, 우리가 같이 할 수 있는 것은
찰나에 지나지 않은 것
서로의 온기를 모아 모닥불을 지피자

속초에 가면

아바이 마을이 있는데
피란 온 함경도 아바이들이
"곧 가야지" 하며 북쪽이 보이는
바닷가에 자리 잡고 마을을 이루었다네
그곳에선 작은 만을 배로 건너는데
사람들은 그 배를 갯배라 하지
갯배에 탄 사람은 누구든지 선원이 된다네
쇠줄에 엮인 배를 쇠꼬챙이로
번갈아 당기면 앞으로 나가지
갯배 선착장에는 함경도 오마니가
고향 그리며 해장국을 팔고 있네
갓 잡아온 홍게 토막 쳐서
무 넣고 푹 끓인 그리움 서러움
녹아든 홍게 해장국
오늘 아침도
함경도 오마니가 흥얼거리는
눈보라가 휘날리는 바람찬 흥남 부두와 함께
길 가는 나그네 불러들이네

포플린 치마의 추억

이른 봄이었지
아랫마을 친구가
빨간 골덴 치마 입고
으스대기에 나도
치마가 입고 싶었네
엄마 몰래 찾아 입은 포플린 치마
때 이른 종아리 내놓고 학교 가는데
새끼돼지 크고 있는 돼지우리에
짓궂은 친구 놈이
뱀 한 마리 잡아
우리에 처넣는다고 난리네
덜컥 겁나 울면서 막아서다가
가시철망에 걸려 넘어졌지
찢어진 치마 상처 난 허벅지에
커다란 흉터 훈장처럼 남아 있네

이팝꽃이 피었네

이팝나무 아래
애기똥풀꽃 위에

예닐곱 오누이
오순도순 이야기하며
해바라기하고 있네

빨래 두 번 해 입고 시집간다던
봄날의 해는 길기만 한데

먼발치 밭고랑에 보이는
엄마의 머릿수건
누가 끈을 묶어 당기고 있을까?
아직도 해는 중천인데

이밥 이밥 이팝 이밥
이팝꽃이 활짝 피네

민들레

학교 앞 담장 아래
숨어 있던 홀씨 하나
아이들의 재잘거림에
화들짝! 눈을 떴다

아버지 가시던 날

산길 돌아가며 흔들리는 꽃상여
상두꾼 구성진 소리에 만장은 휘날리고
그 뒤를 따라가는 어린 상주
삼베조각에 새끼줄 둘러 머리에 쓴
아들 둘에 딸이 셋
어린 딸 등에 업은 어머니의
광목 저고리 섶이 흥건하다

"곡을 해야지 곡을"
아무리 일러줘도 그냥 울며 따라갔다
한 발짝 앞으로 가면 반 발짝 뒤로 오고
허허롭던 상여꾼의 목소리 들리는 듯하다

영면할 곳 다다르니 발아래 강이고 건너엔 높은 산
여름이면 고기 잡아 먹여주고
겨울이면 나무해다 등 따습게 해주었지

차마, 눈 감으셨을까?
아버지 무덤 속에 내 유년도 묻고 왔다

일탈

매주 목요일 두 시는
내 영혼이 힐링하는 날
봄 떠나기 전에 웬 무더위 몰려와
짜증나는데 그럴싸한 연예인은
대작 그런 건 관행이라며
멀쩡한 얼굴로 눙치고
어느 시인은 살기 어렵다고
징징대며 페이스북에 까발렸네
시들이 날아다니는
두 시간 내내 시인의 가난에
대하여 생각해봤지
시 때문에 가난하면 시를 버리지
아무래도 그녀는 마음이
더 가난한가 봐
중앙도서관 주차장에서
시집 한 권을 받아 들고
버드나무 솜털이 눈처럼 날리는
주차장을 벗어나서 본의 아니게
가속 페달을 밟고 있었어

원래의 목적지는 중앙도서관 오층

열람실이었는데 이리저리 가다보니

행구동 카페 꽃밭머리였지

지난 가을 라이브 콘서트 현수막이

빛바랜 채로 펄럭이는데

쓰디쓴 커피 한잔과

간간히 들려오는 재즈에 묻혀서

본의 아니게

'본의 아니게' 속을 헤매다 왔지

* 박세현 시집 『본의 아니게』에 기대어

추월대로 연가

A도로
B도로
C도로
그것은 전쟁의 흔적이었어

흥청거리는 밤의 A도로
클럽의 불빛은 빛나고
트럼펫 색소폰 소리에
먼 아메리카에서 날아온
소년들과 우리의 소녀들이
온 몸으로 흐느적거렸지

뚜벅뚜벅
또각또각
광란의 밤은 언제나
A도로 동쪽 끝
추월대로에서 멈추었어

아스라이 보이는

성당의 스테인드글라스
소년은 문득 두고 온
금발의 제니를 떠올렸고
성당의 불빛 따라 발길을 돌렸지

소녀는 힘겹게
언덕에 올라
부대찌개 끓고 있는
담장에 기대어
봄을 꿈꾸었네

추월대로 연가 2

A도로에는 탱크가 덜컹거리고
B도로에는 트럭이 달리고
C도로에는 지프차가 달린다

아이들은 뒤따라 달리며 기브미 초콜릿을 외치고
아버지는 하우스보이로 달러를 벌었다
누이는 진토닉 잔을 앞에 놓고
나는 블랙죠에게 순정을 바쳤노라 울먹이며
아메리칸 드림을 꿈꾸었지
온몸으로 부딪쳐 바꾼 달러로
누이의 오라비들은 가문을 일으켜 세웠지

블랙죠의 아메리카는
누이의 것이 아니었어

돌아온 추월대는 빈 둥지였고
누이는 가문에 수치가 되어
추월대에 황혼을 묻고 있었지

3
다시 그곳에 가야하리

기분 좋은 날

햇볕 따사로운 봄날 아파트 앞 좌판에 놓여있는 풋나물들 씁
쓰레한 맛으로 오감을 자극하는 물쑥뿌리 풋풋한 돌나물 먼
남도의 해풍을 맞으며 자란 풋마늘들 이리저리 기웃거리다
물쑥뿌리와 돌나물 사들고 돌아오는데 왠지 허전해 저런 마
늘을 잊었네 어찌할까 망설이다 그냥 돌아섰는데 검은 비닐
봉지 안에 들어있는 풋마늘 세 뿌리
오! 놀라운 좌판 할머니의 센스

정선에 두고 온 것

아라리 찾아 정선에 갔는데
초가을 아라리촌 하늘은 푸르고
산사나무 열매 빨갛게 익어가더라
정갈하게 비질된 마당에 발자국 남기고
돌아서 들른 곳은 정선 장마당

장터 한 곳을 떡하니 차지한
블루 앤 블루스
푸른 빛 가득한 그곳엔 재즈가 흐르고
한 잔의 커피와 시를 찾아 헤매는
마음들이 머물렀는데

가을 하늘과 카페의 푸른색이
내 영혼을 훔쳐갔는지 꿈결에 내가
있는 곳 어디인지 알 수가 없네
가을비 추적추적 내리는 날
다시 그곳에 가야하리

울안의 배롱나무

고즈넉한 산 아래 집
얕은 담장 안 거실 탁자 위에
찻잔 올려져 있고 마당엔
이웃집 고양이만 오락가락
배롱나무에 발갛게 핀 꽃 몇 송이
어제도 오늘도 나그네와
눈 맞추며 집을 지키네
배롱나무 네가 나를 불러준다면
맑은 차 한 잔에 꽃잎 넣어
너와 함께 마시고 싶다

기억의 언덕

 치악산 국립공원에 가면 기후변화와 무분별한 남획으로 멸
종되어가는 많은 야생 동식물들을 볼 수 있다 왕은점표범나
비 복주머니란 긴점박이올빼미 팔색조 구름병아리난초 날
개하늘나리 까막딱따구리 맹꽁이 진노랑상사화 멋조롱박딱
정벌레 예쁘고 진기한 이름들이 있다 잘 볼 수 없고 잊혀져
가는 생물들이 사진과 함께 있고 복원중인 식물들도 가꾸고
있다 그곳이 기억의 언덕이다

사노라면 수많은 사람과 관계를 맺는다
가까웠던 사람도 시간이 지나면 잊혀지는 것
마음 속에 '기억의 언덕' 하나 만들어
그 이름 차곡차곡 쌓아두었다
삶이 버거워 휘청거릴 때
하나씩 꺼내어 보자

아가

네가 우리에게 오기까지
숨죽여 기다렸어

으앙, 힘찬 울음소리와 함께
세상을 향한 첫발을 떼던 날
너의 눈빛을 보고 탄성을 질렀지

앙증맞은 열 개의 손가락과
꼼지락거리던 열 개의 발가락만 보고도
우린 모두 안도의 큰 숨을 내쉬었지

커다란 환희로 마음 속 깊이 새겨진
작은 점 하나

해바라기

푸른 하늘이 눈부시다

곱게 물든 은행잎 바람에 날아간다

저렇게 예쁜 노랑나비가 있었을까

평화로운 산책길에 날아온 문자 한 구절

엄마 오후에 뵈러 갈게요

오, 이 황홀함

가던 길 멈추고 집으로 돌아와

털고 쓸고 닦는 내 모습 지켜보던

남편의 가벼운 한숨

벽에 걸린 유치원생 아들이 웃고 있다

휑하니 달려간 마트에선

아들 좋아하는 것만 카트에 담는다

등심은? 잠깐 망설이다

투 플러스로 넉넉히

레드와인도 한 병

아들 맞을 준비는

완벽하게 끝났는데

해는 아직 중천에 걸려 있다

분홍신

먼 기억속의 봄날
들판에 놓여있던
분홍신 한 짝
꼭
나에게 던져진 운명이어서
그 신을 신고 춤을 추었네
멈출 수 없는 마법에 걸려
한 세상 돌다보니

절름발이었네

잉어처럼

음, 파
음, 파
머리 물속에 처박고 음
물방울 포르르 뽀글뽀글
두 발 쭉 뻗고 발차기
얼굴 내밀고 파
숨 한번 쉬고 발차기
두 손 앞으로 쭉 뻗고
킥판 잡고 풍덩풍덩
온 힘을 다해 허우적거리는데
날렵하게 지나가던 선배님 한 말씀
아니, 뒤로 가시나
그 황당함 붉게 끓어오르는 마음
물 속에 묻고서 태연한 척 풍덩풍덩
이십오 미터 레인은 아득하기만 한데
수영장을 쩌렁쩌렁 울리는 강사의 "어머니" 소리
조금만 더 힘을 내면 끝이 보이는데
누군가 "머리가 물 속에 잠겨야 되요" 하며
파 하고 내미는 머리를 꾹 눌러 버린다

꼬르륵 캑캑 어푸어푸

까만 수경 속에서 눈에 힘주어

하얗게 흘겨보며 다시 물 속으로 풍덩

힘들게 버둥거리며 한 마리의

잉어를 꿈꾼다

김유정 생가에서

꽃비 내리는 봄날
매정한 당신의 여인을
대신하여 백설 같은
마음으로 머리 숙입니다
늘 당신의 손길이 닿았을
우물에 매달린 저 두레박으로
마음 속 눈물 길어 올려
작은 소반 위에 올려놓고
당신을 추모 합니다

대중목욕탕

왠지
심사가 뒤틀어지는 날
그곳에 가고 싶다

가려진 창문 앞에 서서
주머니 뒤져 오천 원짜리 내밀면
얼굴 없는 손이 하얀 수건 두 장 건넨다

부옇게 김 서린 안개 속으로
벌거벗은 몸 들이밀면
모두가 평등하다

너는 너 나는 나
등 돌리고 앉아
벅벅 죄 없는 살갗만 벗겨낸다

흐르는 물줄기 사이로 보이는
너의 은밀한 곳
태초에 우주가 그곳에 있다

스타트업

햇살 눈부신 어느 날 아들이 찾아왔다 드릴 말씀이 있는데요
순간 짜릿한 긴장감이 심장에서 말초로 뻗어나간다 저 스타
트업 하려구요 이 말은 직장 버리고 모험을 하겠다는 말이다
그 길이 꽃길이 아니라고 차마 말 못하는 어머니 가슴은 천
근 납덩이인데 아버지 한숨 소리에 땅이 꺼진다 이 거센 반
응에 당황한 아들은 헛구역질이고 되돌리고 싶은 마음 되돌
릴 수 없는 상황 그래, 너를 믿자 가슴에 올려진 납덩이 슬그
머니 밀어낸다

트리플 서른

나, 처음 서른은
부모님의 아이로
눈에 넣어도 아프지 않을
그런 존재로 그들의 희망이었다

두 번째 서른은
한 남자의 아내로 한 아이의 엄마로
정교하게 만들어진 블록을 맞추듯이
작은 틈조차 허용할 수 없는
숲속을 헤매다 보니
언뜻 보이는 푸른 하늘로
젊음의 시간은 가버리고
내게 남겨진

세 번째의 서른
어디론가 가버린 듯
잡히지 않는 나를 찾아
흰머리 날리며
여기저기 헤매고 있었다

상원사

오대산 월정사 입구에서
상원사를 가려면
선재길 나무숲을 걸어서도 간다지만
사람은 삼천 원 차는 오천 원
입장료를 내고서
연둣빛 짙어지는 길을 달렸다

관대교 건너고 관대걸이 지나
천년숲 나무들이 햇볕을
가려주는 길을 걷노라면
'번뇌가 사라지는 길' 이 있다

그 오른쪽 언덕을 오르면 앞이 탁 트인
작은 마당에 세 기의 부도가 있네
탑과 함께 서있는 부도는
세 분 고승의 부도라는데
삼 대에 걸친 스승과 제자라네

바람에 흔들리는 무심한

잡초들 사이에 핀 엉컹퀴 꽃은
어느 영혼의 업일까?
세 분 스님의 공덕으로 해탈하려고
이 높은 언덕에서 피고 또, 지고

수많은 스님들이 고행한 길을
그저 차로 편히 내려오는데
태생부터 붉은 단풍나무가
가을인 척 웃고 있다

연두

놀랍다
무슨 힘으로 온 세상을
제 빛으로
물들이는 걸까

할머니의 셈법

가을볕 따사로운 장터에 나란히 앉은
시골 할머님들 파랗게 쌓여있는 냉이 세 무더기
한 무더기 이천 원인데 떨이로 세 무더기 줄게
장바구니에 넣고 가다 슬며시 돌아보니
천연덕스럽게 앉아있는 냉이 세 무더기
서리태 두어 되를 지나 팥 앞에서 머뭇거린다

어디선가 들려오는 트로트 가락 속에
나프탈렌 냄새가 코끝에 감겨온다
고무장화 길게 끌며 다가오는
방물장사에게 "행주 석 장 주세요"
했더니 팥알 고르시던 할머니
"잔치 하세요?" 하며 환하게 웃으신다

휑한 입속에 이빨이 없다
참, 할머니는 일억 원을 아실까

곡소리

변방의 도시 원주가 백화점을 품에 안던 날
아파트주차장에서 낮잠에 빠져있던 자동차들이
백화점 지하주차장으로 블랙홀처럼 빨려 들어갔지
에스컬레이터 위에 우아하게 서서 은은한 샤넬향수
향기 속에 지그시 내려다 본 개점 기념 반액 세일!
얼마나 유혹적인 문구인가
명품 브랜드에 열광하는 소시민의 오감이 화들짝 열렸지
두 손에 쇼핑백 가득 들고 고단한 삶
창밖에 던져버리고 구름처럼 몰려다녔어
지갑 속에 아껴두었던 삼십만 원
기프트카드 한 장 기꺼이 내밀고
추가 이십 프로 할인에 명품 핸드백 하나 집어 들었지
이 정체 모를 자부심을 부끄러워하며 사은품 코너
찾아가는데 어디선가 들려오는 만가
웬 꽃상여 지나가나?
오호라 중소상인들의 반란이로군
그런데 정말 곡소리는 한 달 후에 요란하겠어
북, 북, 카드 긁는 소리 엄청났거든

봄

여강에 부는 바람
물결 잠 깨어 출렁이고

따사로운 햇살
청매화 눈 뜨는데

일 없는 고양이들
툇마루에서 졸고 있네

흔적

아우야
너 이 세상 떠나던 날
보고픈 이 많아서 차마
눈을 감지 못했지
강산이 두 번이나 변한 후
네 아들이 평생의 짝을 찾아
웨딩마치 울리던 날

너의 딸이 눈부신
모습으로 서있더라
뽀얀 얼굴에 웃고 있던 눈매
너의 스무 살이었지

너는 그렇게 여기에
남아있구나
이제, 미련 버리고
너의 길 찾아 가렴

4
리허설 중인 생

그 해 겨울에

아궁이 한 가득 떡갈나무
밀어 넣어 불을 지폈다
마른 잎 화르르 섬광처럼 타오른 후
매운 연기 피어올라 눈을 적셨다
그 때의 연기
아직도 나를 떠나지 못한다

달빛

새싹들 소곤거리며
연두색 짙어지는 밤
달빛이 환하다
떠나기 아쉬워 겨우내
매달려있던 산사나무 열매
슬그머니 꽃눈에게
자리 내어주고
조팝꽃 향기 가득한
작은 새들도 잠든
고요한 집에
낯선 곳 헤매는
길고양이 기다리며
맑은 영혼 숨 쉬고 있으리

붕어빵

아파트 모퉁이에 차려진
붕어빵 좌판
구수한 냄새
가을바람 타고 날아간다

예쁜 딸 등에 업고 아들 손잡고
잠깐 산책길 나선 젊은 엄마

업힌 딸은 손에 어묵꼬챙이 들고
하늘 보고 환하고
붕어빵 손에 든 아들
엄마 보며 환하고

아들 보는 엄마 얼굴 환하고
마수걸이한 붕어빵 아줌마도 환하고
서산에 걸린 노을도 환하다

시월의 해변에서

나이 먹은 사람들이 젊은 애들처럼 뜨거운 해변에 몰려드는 사람 수 보탤 거 있냐고 여름 지나 벼르고 별러 날을 잡았다 고성에서 시작하여 차례로 해파랑길 걸어보자 마음먹었지만 퍼붓는 햇살 뜨거워 반나절 만에 포기하고 홍연암에서 멍 때리다 낙산해변으로 갔지 맨발로 걷는 것이 건강에 좋다고 하여 바닷가를 맨발로 걸었다 수평선 멀리 밀려오는 파도도 종일 왔다 갔다 일없이 모래밭 두드리고 갈매기 두어 마리 한가롭게 끼룩거리는데 저 멀리 서핑하던 젊은이 난데없이 물속으로 곤두박질친다

쑥

아무도 돌보지 않는
버려진 풀잎
지난한 세월 견디어
작은 꽃송이로 피었네
차가운 비 너를 적셔도
아직은 떠나야할 때가 아니야
가슴에 보듬은 그리움
아, 너의 이름은
개
똥
쑥

철다리 감자탕

철커덕 거리며 화물열차 지나가는
녹슨 철다리 아래
끼르륵 숨 가쁜 미닫이문
푸르게 피어오르는
가스불 위에 검은 가마솥
살점 다 뜯긴 뼈다귀들이 벌건 양념 속
둥근 감자와 함께 부글거린다

쓴 소주 한 잔
눈물 한 방울
앙상한 사나이의 지친 속마음
헐렁한 바랑 속에서
살아온 날들의 회한이 아우성친다
등 뒤에 매달린 초로의 인생
부서진 낙엽이 뒤따라간다

봄밤

까치도 설레는 듯
어둠 속에서 깍 깍 깍
대지의 모든 것들이
소곤거린다
무엇이 마른 가지에서
뽀오얀 목련을 피워냈을까?
봄밤의 힘은 위대하다
초로의 마음속에도
붉은 꽃 한 송이
피어난다

배추밭

그 날이 언제였을까?
엄마는 동생만 데리고
서울 친정에 가시고
난 아버지 따라 텃밭에 갔지
메뚜기 몇 마리 잡아
강아지풀에 꿰어 들고
아버지 품에 안겨
푸른 배추밭 내려다보았네
마치 이국의 초원같이 넓어보였지
몇 마리의 메뚜기는 그날
나의 자랑스러운 전리품이었고
꼭 안아주시며 **뺨** 비벼주신
까칠하고 따끔했던
아버지 턱수염의 기억은
아련한 그리움으로
마음 속에 남아

철암 아줌마

태백에 가면 황지연이 있다네
그 물길 흘러내리는 첫 동네를 철암이라 부르지
황지천 앞산은 커다란 탄광
한때는 사람들이 물밀듯 밀려와
강아지도 만 원짜리를 입에 물고 다녔다지
그 좋은 시절에 철암 아줌마
남편은 탄광에서 흘린 땀으로
아줌마는 다림질해서 흘린 땀으로
황지천에 물을 보탰지
세월이 지나면서 세상이 변해
탄광의 영화도 빛이 바랬어
남편은 철암아줌마가 다려준 옷 입고
다방마담과 눈이 맞아 야반도주 해버렸다네
눈물로 땀으로 아이들 키워 놓고
허전한 맘 둘 데 없어 공부했다지
철암아줌마 관광해설사로 다시 태어나
폐광지역 철암을 찾아오는 이들에게
탄광의 역사도 이야기하고 가끔은 떠나간
남편 흉도 보면서 밥을 먹고 산다네

여행 스케치

하릴없는 초로의 여편네들이 잠 못 이루며 뒹굴다 우연히 홈
쇼핑 채널에 꽂혔다 '칭다오 이십구만 구천 원 힐튼호텔 숙
박' 번개같이 낚아채 열여섯 명의 친구들이 떠난 여행길 칭
다오의 하늘은 뿌옇고 도시는 칠팔십 년대의 서울을 생각나
게 한다 매연 가득한 칭다오 거리를 줄지어 다니며 즐겁게
떠들고 웃는다 몸은 늙었지만 마음만은 십대 집 떠난 것만으
로, 비행기 탄 것만으로, 한껏 부푼 마음에 바가지 팍팍 씌우
는 가이드도 그리 밉지않다 중국의 소수민족들이 우리 덕분
에 잘 산다고 대한민국을 모국으로 둔 조선족 동포를 부러워
한다는데 그래 멋지게 바가지 써주자 그리고 유커들에게 되
돌려 주지 뭐

나도 해 보고 싶었어

아버지의 시간은 빈틈이 없었지
동녘 하늘이 희붐하게 밝아 오면
밭으로 가셨지 난 언제나 그런
아버지를 따라 다녔어

삽 한 자루면 무엇이든지 할 수 있었지
땅위에 삽을 대고 발로 누르고 힘주며
한 삽 한 삽 일구어진 밭은
매끈한 삽 자국이 보기에 좋았지
가끔 흉내도 내보았지만
어림도 없었다네

이담에 크면 꼭, 밭을 저렇게
가지런하게 할 수 있는 남자에게
시집가야지
아무도 몰래 다짐했었지

영 여인숙

한때는 화려했을
기차역 작은 골목
흘러간 세월만큼이나
사연 많은 나그네들의
영혼이 머물던 곳
퇴색된 벽돌사이로 푸른
이끼가 자리 잡았다

삐걱거리는 현관문
저 구석진 곳의 104호
조그만 창문에 불빛이 흔들린다
빛바랜 벽지에 묻어있는
고단한 인생들의 흔적
하룻밤 같이했던
거리의 여자가 빠져나간
동굴 같은 자리에 온기가
사라져간다

재떨이 끝에 걸쳐 있는

타다만 담배 피워 물어
허공에 연기 날려 보내며
몸 추스리는 사내

커다란 가방에 넝마 같은
삶 담아 놓고
홀연히 길 떠난다

그 오월

물 속에 가라앉은
작은 마을에
아들 둘 딸 셋
철없는 아내
어미돼지 한 마리와
새끼돼지 다섯 마리
이 세상에 그런 보물 없다는 듯이
손마디 무뎌지도록
다독이던 젊은 아버지
일 년 만에 새끼돼지를
백오십 근으로 키운 이는
그 동네엔 없었지
슬하의 자식들은 당신의 자부심
벽마다 붙어 있던 상장은
모두들 부러워하는 증표였지
누구의 시샘이었을까
철쭉꽃 활짝 피던 오월에
나 없이 석 달을 버틸지 몰라
그 한마디 남기고 이승을 버렸다네

강산이 여섯 번이나 변한 후에
그 오월을 찾아보니
그런 오월은 아예 없었다고
모두들 말하네

삼척은 지금

오십천변에 장미가 백만 송이
무수한 색의 향연이 펼쳐졌다
하지만 인간이나 꽃이나 시간의
흐름은 어쩔 수 없는 것이어서
먼저 피어난 꽃은 허옇게 바랬다
장미의 일생과 사람의 일생이 꼭 닮았다
늙어가는 것이 아쉬워 꽃 보러 오고
젊은 열정을 어쩌지 못해 꽃 보러 오고
모두 '강냉이' 하며 사진 찍는다
어디선가 난데없이 들리는 '창부타령'
무대 위에서 아줌마들 리허설 중이라네

삼화사 찾아 무릉계곡 들렀다가
어스름 해 저물어 청옥산장에 들었다
삼화사에서 소원성취 하려나
불 없이 빈 등만 걸려있는 삼화사를 걸었다
하늘에 별은 없고 초이레 달만 부옇게 떠 있다

밤새 새소리에 잠 설치고

석가탄일의 아침이 밝았다
오유지족 앞에서 만난
허청거리는 스님께 합장
들려오는 '반야바라밀다심경'에
삼화사 대웅전에 들렀더니 난데없이
웬 여인이 마이크 잡고 리허설 중이라네

아니 이거 이번 생
혹시 리허설 아냐

외로운 영혼을 위하여

그해 가을
내 작은 손에
당신이 두고 떠난 삶이 버거워
남몰래 흘린 눈물로
서걱거리는 나뭇잎 같은
마음 달래며
그렇게 살았어요
우리가 함께했던 흔적
당신이 두고 간
아이 둘
이제 멋진 남자 되었지요
그 아이들 짝 찾아
나의 품 떠나려하는데
말라버린 줄 알았던
눈물이 다시 흐르네요
뒤돌아보니 난 아직도
당신 떠나던 그때에
머물러있나 봐요

템플스테이

여기는 봉은사로
도심 공항터미널
도착하는 리무진에서
달팽이들이 내린다
회색 눈 노란머리
새까만 얼굴에
반짝이는 하얀 이
파란 눈이 두리번두리번
서울의 하늘을 쳐다본다
눈과 하늘이 닮았다
잔잔한 바람 불어
노랑나비 높이 날아오르고
여린 집 등에 업은 달팽이들
촉수 더듬어 길을 찾는다
몰려오는 어둠 속에
불빛조차 잦아들 즈음
뎅, 뎅, 뎅 인경소리에
봉은사 숲속으로 기어든다

침보라소의 빠하 *

침보라소 산은 해발 6268미터 만년설을 품고 있다 발타사 할
아버지는 척박한 땅에 감자 가꾸며 손자를 키우는 적도의 마
지막 얼음장수이다 침보라소 산의 얼음이 정신을 맑게 해준
다고 믿는 이들이 있어서 발타사 할아버지는 침보라소 산에
올라 얼음을 캐낸다 캐낸 얼음 반듯하게 잘라 빠하를 베어서
새끼 꼬듯 돌리며 커다랗게 휘두르면 얼음은 빠하에 곱게 싸
인다 나귀 등에 얼음 두 덩이 싣고 시장에 가면 사람들은 침
보라소 산의 얼음을 넣어 주스를 마신다

발타사 할아버지의 꿈은 손자 아르만도가
자신의 일을 이어주기를 바라는 것
맑은 눈의 순수한 영혼 아르만도는
빨간 판초와 당나귀 한 마리를 받고
적도의 얼음장수가 되었다

누군가를 사랑한다는 것은
적도의 마지막 얼음 장수가 되는 일

내 안에 사랑이 남아있다면
침보라소 산의 빠하에 꼭꼭
싸매어 둘 일이다

* 에콰도르 침보라소 산에 있는 풀이름

봄비

벚꽃 지나간 자리에
철쭉 웃고 있다
서둘러 조팝꽃
따라 피던 밤에
그예,
비 한 자락 긋고 간다

이번 생 혹시 리허설 아냐?

박세현(시인)

한경순 씨가 시집을 준비한다는 설이 돌았을 때 나는 놀라지 않았다. 누구에게나 올 것은 오기 때문이다. 발문이 내 앞으로 떨어질 줄은 몰랐다. 누구나 코앞의 일은 모른다. 정확히는 모르겠으나 한경순 씨가 시반에 등록한 지 꽤 된 것 같다. 시 반에 등록했다는 뜻을 나는 오랜 후에야 그것이 시를 공부하겠다는 뜻이었음을 알아차렸다. 사실, 다른 동네에서는 시공부를 무슨 요리학원 다니듯(요리가 어때서 하는 소리도 있겠으나)하는 경우들도 있다고 들었다. 한경순 씨는 그런 과(科)가 아니었을 것이다. 책도 부지런히 읽고 멘탈도 경제나 정치와 같은 사회구조에 관심이 많은 쪽이었다. 골(骨) 자체가 그렇게 보였다. 인터넷 지식만은 아니었던 것으로 보

인다. 한경순 씨의 시집 소문이 이렇게 내 앞에 현물로 들이
닥쳤다.

한경순 씨와 나는 같은 시대를 살아온 세대론적 동기다.
엄마 젖을 뗀 시기가 엇비슷하다는 뜻도 된다. 이제 우리 세
대는 자기에게 약정된 시간을 다 사용하고 추가시간에 올라
타고 있다. 병 없이 건강하게 살면 되지 딴 게 있어. 이런 맥
락 속에 1950년대 세대는 살아가고 있다. 잘은 모르지만 한
경순 씨가 시집을 묶겠다는 뜻은 자기 서사를 쓰겠다는 뜻일
거다. 자기서사란 무엇인가. **나 이렇게 살았어**(어쩔래!). 자
기 서사는 경험과 기억으로 이루어진다. 역사가 국가 공동체
의 경험을 정리한 것이라면 개인이 지지고볶으며 살아온 내
역은 역사의 밑그림이 된다. 역사가들의 손에서 정리된 서사
가 아니라 1950년대 이후 더러운 한국 역사의 언덕에서 헐레
벌떡 살아온 개인들의 파편은 시라는 네트워크를 통해 정리
되기도 한다. 한경순 씨가 그런 개인작업에 착수했다는 뜻이
다. 국가도 말릴 수 없는 거대한 프로젝트다.

그런데, 왜 하필 자기 서사를 시로 써야할까? 이 물음을
꼭 던지고 싶은 건 아니다. 수필도 있고 소설도 있다. 알다
시피 시는 1인칭의 문학이다. 언제나 시 속에는 내가 들어가

야 작업이 된다. 시라는 게 본디 나로 시작해 나로 종결된다. 한경순 씨가 살아온 '남모르는' 시간을 다른 사람이 대필할 수는 없다. 이거죠? 이렇게 쓰면 되는 거죠? 네, 네 좋아요. 바로 이겁니다. 이런 식으로 남의 작업에 동의하면서 자기 삶을 대강 해결할 수는 없는 노릇이다. 시를 기초(起草)하는 일반의 근거가 이 부근에 있을 것이다. 대놓고 얘기해서 내 얘기를 내가 직접 내 언어로 작성해보고 싶은 것. 1980년대 이후 대한민국은 이런 흐름에 휘둘리며 흘러왔다(고 해도 지나친 말이 아니다). 다시 말해서 우리는 문학을 존중하는 민족이라기보다 자기인증을 하(받)고 싶은 욕망에 시달려왔다는 말이다. 왜 아니 그렇겠는가 싶음. 지나간 시절이지만 대한민국 역사 는 '기구한 여인의 팔자' 가 상연된 무대였을 뿐이다. 배가 흔들리면 승객은 자기 깜냥 대로 각자 멀미를 한다. 한경순 씨는 자기 멀미를 쓰고 있다. 그게 시다. 한경순 자아의 기나 긴 멀미. ego! ego! 한국어로는 아이고쯤 되겠다. 나는 그것을 한경순의 시라고 본다. 그의 시는 미학적 투쟁을 하지 않는다. 그냥 자기 삶을 투과한 내용을 시에 얹는다. 소박하다면 소박하다. 헛손질을 하지 않는다. 나는 이런 태도를 지지하는 바이다. 미학적 투쟁은 대체로 완결되었다. 지속되는 각자의 삶에 대한 시적 언급은 그러나 여전히 유효하다. 내 말을 듣는 사람은 없지만 내 말은 그렇다.

그렇다면, 한경순 씨의 시는 지나간 시절에 기대고 있는 가? 그렇다/아니다/그렇기도 하고 안 그렇기도 하다. 설문지 항목 같다. 세 개 중에 하나일 것이고 세 가지가 고루 섞여 있거나 비중의 차가 있을 게다. 하나마나 한 말이다. 그게 뭐 어떤가요? 드러내면서 감추(어지)고, 감추(어지)면서 드러내는 언어의 특질에 기대는 게 시이기도 하다(꼰대가 되면서 자꾸 단정적 표현을 사용하려고 한다. 나를 말리느라 애쓴다. 미래의 내일을 위해 다시 말해 지금의 결론이 내일에는 뒤틀려질 수 있기에 신중해야 한다는 조심성으로! 내일까지 생각하는 것은 점성술사에게 맡기고 오늘은 오늘 얘기만 하는 게 옳게 보이는데) 한경순 씨는 아니 당신이 아니더라도 그 세대의 누구도 예외없이 지금쯤은 고개를 돌려 뒤를 돌아보게 되어 있다. 돌아보지 마라! 신화에도 있고, 대중가요에도 등장하는 말이다. 돌아보는 순간 당신은 돌이 될 것이다. 돌아보는 순간 당신은 당신의 전날들이 애련으로 얼룩졌고, 상처이되 너무 가련해서 몸 둘 바 모르게 될 것이다. 둘 바 없는 그 몸의 혼란을 문자로 적는다. 문자 속에 밀어넣고 홀연히 그 자리를 모면한다. 모른 척, 없는 척, 아닌 척 살아간다. 시의 나레이터가 돌아가고 싶은 화살표 방향은 「옛날로」다. 불가능하기 때문에 비로소 가능한 저 옛날로.

한 열흘만이라도
옛날로 가고 싶소

비온 뒤 길에 고인 물속에
비친 하늘 보고 싶소

깊은 바다인 양 바라보던
그 때로 가고 싶소

그곳에 떠다니던
종이배가 보고 싶소

종이배 옆에 흔들리던
그 얼굴 보고 싶소

뭉게구름 잡으려던
그 아이가 보고 싶소

꿈속에서 구름 따라
그 시절로 가고 싶소

시가 뻘짓이 아닌 순간은 이때뿐이다. 막연하던 기억이 문
자의 몸을 얻어서 날개를 달고 어디론가 이동하는 그 순간 말

이다. 놀라운 문자의 힘이다. 시 쓴 사람의 넋을 달래는 굿판까지 벌이고 인류의 번민을 천도(薦度)시켜준다는 점에서 시에게 감사할 일이다. 시를 만지작거리는 사람은 예외없이 이 지점에 끄달려 사는 존재들이다. 내남없이 그렇지 않은가요?

이런 에피소드 하나 삽입해도 되는지 모르겠다. 어디다 허락받아야 되나? 몇 년 되었지만 내 연구실이 있는 대학의 야간강의에 들어갔을 때다. 출석을 부르고 어쩌고 하면서 강의를 시작하려고 할 때 내 눈에 포착된 낯설고 익숙한 얼굴이 등장했다. 그분이 바로~ 한경순 씨였음. 시반 수업을 듣던 분이 갑자기 사회복지과 늦깎이 학생으로 거기 앉아 있던 것이다. 참아야 하느니라. 시라는 허공중에 떠도는 얘기를 떠들던 그 입으로 사회복지사 자격증을 따기 위해 모인 거의 만학도들 앞에서 교양을 토론한다는 것은 생각보다 절벽이 깊다. 그러면서 밋밋하게 한경순 씨와의 교양수업은 종료되었다. 이제 저 분은 졸업하고 쫑을 따면 복지사회를 위해 열심히 일하겠지 했는데 다시 시반으로 돌아왔다. 이 또한 다소 의외의 사안이다. 사회복지도 중요하지만 개인복지도 중요하다고 여겼을지도 모른다. 어르신, (주로 몸이) 괜찮으세요?라고 물어주는 일을 대행하는 직업이 복지 관련이라면 시 복지는 자신의 안부를 셀프로 물어야 한다. 자신이 진

단하고 처방하고 약을 먹거나 어딘가 아픈 데를 슥슥 문질러야 한다. **시가 그때 필요하다.** 아마도 시반과 결별하지 않은 한경순 씨의 증상이 여기 있지 않았을까 싶다. 한경순 씨에게 물으면 그렇다고 대답할 것이고 그렇지 않다고도 대답할 것이다. 어떤 대답도 그의 것은 아니다. 우리가 사용하는 언어와 문장이 우리의 속생각을 정확하게 찍어서 전달하는 것은 아니다. 그렇다고 생각할 뿐이다. 트라우마를 트라우마라고 입으로 말하는 것은 트라우마가 아니다. 한경순 씨가 한때 시반 주변을 열심히 살았다는 사실을 이렇게 꺼내놓고 발문의 한 대목으로 장식한다.

  사정이 이러하니 내가 한경순 씨의 시에 대해서 또는 그가 이끌고 온 일생에 대해서 이러쿵저러쿵 하는 게 무슨 의미가 따로 있겠나 싶다. 그저 쿵쿵거리는 소리만 요란하겠지. 이런 문장이 있다. 새로운 것은 환영받지만 익숙한 것은 사랑받는다. 어디에 써먹는 말인지는 모르겠다. 한경순 씨를 오래 봤지만 그것과는 다르게 딱히 안다고 할 게 하나도 없네. 진기한 만남의 역사. 아닌 게 아니라 우리는 다 그런 게 아닌가 싶어라! 이 풍경이야말로 한경순 씨와 나 사이에 개입하는 무덤덤한 시라고 여긴다. 익숙한데 익숙한 곳을 찾으려니 그런 데가 없네. 익숙하지 않은 익숙함도 익숙함인가? 시의

본색은 익숙한 것과의 결별이다. 낯선 장소에 내렸을 때 느끼는 생소함이 시가 주는 매력이라고들 한다. 물론 너무 낯설면 괴물이 되고 만다. 물론 시가 너무 익숙하면 이웃집여자가 되고 만다. 알 것도 없고 모를 것도 없는 그런 시들이 여기에 속한다. 시를 읽고 울었다는 사람도 있다. 시가 할 일은 아니다. 한경순 씨는 자신의 경험 갈피에 끼어있을지 모를 울음 따위는 깔끔하게 작업해버렸다. 놀라운 제어력이 시에 배어 있다.

༺ ༻

시집 해설이나 발문은 시집을 읽게 될 불특정인을 위해 쓴다고 한다. 가정법이다. 의도야 어떻더라도 시집의 뒷글은 먼저 저자를 설득해야 한다. 그런 점에서 시집 뒷글은 시인을 향한 1인용 텍스트다. 단체사진을 보고 사진이 좋다고 할 때는 거기 포함된 자기의 이미지가 좋다는 전제가 선행한다. 뻔히 아는 자기 모습을 왜 거울에 비춰보겠는가. 거울을 보고서야 우리는 우리의 모습을 재확인한다. 그럼, 이 정도면 괜찮은 거지? 이런 확신을 주는 게 거울의 용도라면 용도다. 시집의 해설류는 바로 그런 거울의 기능을 떠맡고 있다. 누구나 듣고 싶은 말은 칭찬이고 격려의 말이다. 입으로야 기탄없이 말해달라고 하면서 정작 기탄없이 말해주면 기탄없이 돌아선다, 누구나 하나같이. 그렇다고 나는 한경순 씨의 시적 흐름에 대해 기탄없이 떠들려고 양념을 치는 것은 아니다. 이미 그의 시편들은 스스로 기탄없으므로.

　발문이 정색을 하면 재미가 없다. 그건 학자들끼리 할 일이다. 학문이야 따지는 것이 소임이니까. 그러나 시는 따져서 나올 게 없다. 그래서 나는 종종 말한다. 좋은 시라는 말은 기만적이다. 좋다는 표준이 없다. 시세라는 게 있듯이 통념이라는 것도 존재한다. 그럼에도 좋다는 의미는 그렇게 말하는 당신의 잣대가 적용된 것이다. 그래서 나는 다시 종종 떠들어댄다. **시는 읽는 장르가 아니라 쓰는 장르다.** 쓰면서 완성된다. 요리도 누군가 맛있게 먹어주었을 때 요리로서 값한다. 팔만대장경도 누구에게는 그저 빨래판인 것이다. 책은 독서를 통해 완성된다는 게 일반적 지론이다. 부인할 수 없다. 그렇지만 나는 어거지로 말하고 있다. 한 편의 시는 쓰는 순간 그 시인에게 완결성을 선물한다. 그렇지 않은지요, 한경순 씨. 나는 그렇더라구요. 한경순 씨가 쓴 시를 앞에 두고 발생하는 소회가 어떤 것인지 궁금하다. 누군가에게 시집을 주면서 '내가 쓴 거야'라고 말할 때의 그 손맛을 위해 시를 쓰기도 한다. 정현종은 자신의 시집 머리글에서 썼다. 새 시집을 주위 사람들에게 한 권씩 줄 생각을 하니 즐겁다. 한경순 씨도 그럴 것이다.

우리는 목요일 오후 두 시 원주시 흥업면에서 만났다. 박홍우 사장이 제공하는 커피가게의 특설무대에서 흔히 시 수업은 전개된다. 대형 스크린이 준비되어 있는 훌륭한 세미나 공간이다. 시간이 되면 시반 회원들이 앞서거니 뒤서거니 카페에 도착한다. 아메리카노를 앞에 두고 한 주간의 적조한 안부들을 교환한다. 시가 그렇듯이 이 순간 그날의 수업은 다 진행되었다고 보면 된다. 시반 바깥의 사람들은 시반에서 진행되는 수업이 궁금할지도 모르겠다. '가르친다고 가정된 주체'인 나는 가르친다는 생각을 포기한 지 오래되었다. 그러니 오래 전부터 시반 수업은 하는 게 아니라 하여지는 동시자발적(同時自發的) 형태로 움직여간다. 서로가 서로에게 선생이 되는 수업이다. 이번 학기는 『김수영 산문집』을 돌아가면서 읽었다. 김수영의 목소리를 직접 들어보는 시간이었다. 시반 회원들은 재미있었다는 자평과 회고를 남겼다. 2018년 이 시점에 1950년대 시인의 산문을 읽는 일은 흥분된다. 두 시간의 런닝타임이 늘 부족하다. 텍스트는 조용히 있는데 그것을 읽은 독자들의 토론은 분분하다. 2차 텍스트가 마구 발생하는 순간이다. 당연히 이 좌석에 한경순 씨가 앉아 있다. 당연히 그는 열심히 준비하고 열심히 읽고 열심히 토론한다. 가끔 한경순 씨는 수업에서 언급된 시집이나 신간소설을 들고 와서 주변을 놀라게 한다. 회상의 누구보다 더 읽(구매하)는 놀라운 힘을 보여준다. 수업이 파하고 카페에 붙어 있는 칼국수집으로 자리를 옮기고 칼국수랑 수육을 앞에 두고 토론은 또 길게 늘어진다. 모든 문학은 핑계이구나. 수육을 먹으면서 칼국수를 먹으면서 시를 먹으면서 자기의 말을 먹으면서 오로지 이러기 위한 명분이 필요했던 것이다. 누가 시집이라도 내게 되면 그 자리는 그대로 출판기념회가 된다. 한경순 씨 같은 경우는 그런 날 차를 가지고 오지 않고 한 잔 한다. 그분이 시인이 되는 날이다. 괜히 생겨나서 괜히 살아보는 하루가 시와 함께 휘날리는 날이다. 단정하기는 그렇지만 한경순 씨도 이런 시적 카니발에 자기를 충분히 참여시키고 있는 것으로 보였다. 그 풍경이 누구에게나 보기 좋았더라.

그 자리에서, 홍업의 식당에서 둘러앉아 먹은 것은 좀 늦은 점심이고 좀 이른 저녁이다. 시반은 밥을 먹는 게 아니다. 한 입의 관념을 입에 흡입하는 거다. 먹을수록 비어가는 위장을 달래면서 그들은 한 다발의 말을 먹는다. 한경순 씨처럼 1950년대 근처에서 태를 버린 인류들에게 시는 흑백으로 인화된 스틸이다. 말라붙은 눈물 자국이다. 흙먼지 날리는 신작로다. 화로에 뚝배기 올려놓고 아버지 기다리던 산촌의 어스름이다.

환장하게 눈부시던 푸른 하늘에

희미한 그림자 길게 늘어지던 외진 산길
아버지와 어린 딸이 걷고 있다
빨갛게 바스락거리는 고추자루 메고
디딜방아 찾아 산길을 걷고 있다

동지섣달 추위에 강물이 꽝꽝 얼어붙으면
젊은 아버지 강 건너 큰산으로
나무하러 길 나서고
집에 남은 어린 딸은 화로에 불 가득 담아
뚝배기 올려놓고 기다리던 곳

한경순 씨의 여러 시편 중에 이 시가 먼저 스캔된다. 복잡한 향수를 자극하는 한 폭의 민속화(民俗畵)다. 「그곳이 고향이었어」가 품고 있는 삶의 내용들이 비도회적으로 살았던 한경순 세대의 정서적 배경이다. 한경순 씨의 시들이 이 시 주변에서 모이거나 흩어지고 있다. 아버지와 디딜방아 찾아 외진 산길을 걸어가던 '어린 딸'의 삶의 궤적을 시뮬레이션 해보면 저 소녀가 당면했던 한국의 '근대화'가 상상된다. 올해는 일하는 해. 올해는 더 일하는 해. 오로지 가난을 벗어나는 게 근대화의 프레임이었던 저 시절을 온몸으로 살아온 세대가 한경순 씨들이다. 1970년대의 숱한 시와 소설들이 저 시대의 지지고볶음을 기록했다. 한경순 씨는 '포플린 치마'를 입고 싶던 저 어린 시절로부터 몇 살이나 더 먹었을까.

'다듬잇돌' 두드리는 방망이 소리로부터 얼마나 멀리 왔을까. 군용 통학버스 타고 고개 넘어 학교 가던 열여섯 살 소녀가 당신이었을까? 한경순 씨는 대답하겠지. 맞다/아니다. 나는 궁금하지 않다. 나의 관심은 누구나 자기 시대만 살게 되어 있다는 것이고, 저 군용버스와 함께했던 시절이 한경순 씨 개인사의 고정점이었을 것이다. 이제는 돌아갈 수 없지만 언제나 그 자리에 서 있게 만드는 그 지점.

철커덕 거리며 화물열차 지나가는
녹슨 철다리 아래
끼르륵 숨 가쁜 미닫이문
푸르게 피어오르는
가스불 위에 검은 가마솥
살점 다 뜯긴 뼈다귀들이, 벌건 양념 속
둥근 감자와 함께 부글거린다

쓴 소주 한 잔
눈물 한 방울
앙상한 사나이의 지친 속마음
헐렁한 바랑 속에서
살아온 날들의 회한이 아우성친다
등 뒤에 매달인 초로의 인생
부서진 낙엽이 뒤따라간다 (「철다리 감자탕」)

이 시를 읽고 군침이 돈다면 당신은 술꾼이 아니라 저 시대의 **복잡계**를 통과했다는 뜻이다. 나의 경험에 녹아있는 사실주의가 앞의 시 전체를 타이핑하게 만들었다. 1970년대라는 시대가 병풍처럼 펼쳐지고 그 속에 마침내 자신이 미워진 한 사나이가 초로의 술잔을 기울인다. 삼포의 공사판으로 가던 사내가 원주의 철다리 밑 선술집에 잠시 정차하고 있는 풍경이 상상된다. 저 사나이의 유일한 대사는 「삼포 가는 길」의 영달이가 했던 말 그대로 '어디로 가야 하나?' 일 것이다. 한경순 씨에게 이 시가 없었다면 큰일 날 **뻔** 했다. 발문 필자가 손가락에 힘을 줄 대목이 확 줄었을 것이다. 그래도 이제 한경순 씨는 자기 생 전체를 관(觀)하게 되었다. 그것은 지저분했던 역사와 거기에 헌신했던 몸이 가르쳐준 지혜. 서글픈 지혜. 그런 거 어디에 써먹겠는가. 예나 지금이나 불쌍한 인간은 (본의 아니게!) 너무 열심히 살아야하는 인간이다. 그자야말로 무가치한 세상을 무가치하게 사는 인류가 된다. 그래서 **한경순 씨는 묻는다.**

아니, 이거 이번 생
혹시 리허설 아냐? (「삼척은 지금」)

시와 함께 휘날리는 하루

2018년 10월 20일 초판 1쇄 인쇄
2018년 10월 25일 초판 1쇄 발행

———

지은이   한경순
펴낸이   강송숙
디자인   더블유코퍼레이션(정숙영), 나니
인   쇄   더블유코퍼레이션
펴낸곳   오비올프레스

———

ISBN 979-11-89479-02-2

———

출판등록   2016년 9월 29일 제 419-2016-000023호
주   소   (26478) 강원도 원주시 무실새골길 52
전자우편   oballpress@gmail.com

이 도서의 국립중앙도서관 출판예정도서목록(CIP)은 서지정보유통지원시스템 홈페이지(http://seoji.nl.go.kr)와
국가자료공동목록시스템(http://www.nl.go.kr/kolisnet)에서 이용하실 수 있습니다. (CIP제어번호 : CIP2018030438)